KB122697

은퇴 이후

2018 장애인 창작집 발간지원 사업 선정 작품집

은퇴 이후

1쇄 발행일 | 2018년 12월 31일

지은이 | 한상수
펴낸이 | 정화숙
펴낸곳 | 개미

출판등록 | 제313 – 2001 – 61호 1992. 2. 18
주소 | (04175) 서울시 마포구 마포대로 12, B-108호(마포동, 한신빌딩)
전화 | (02)704 – 2546
팩스 | (02)714 – 2365
E-mail | lily12140@hanmail.net

ISBN 979 – 11 – 965679 – 2 – 7 03810

값 10,000원

주최 | 대한민국 장애인 창작집필실
주관 | 장애인인식개선오늘(고유번호 305-80-25363. 대표 박재홍)
심사 | 발간지원 사업 심사위원회
후원 | 대전광역시, 대전문화재단, 갤러리예향좋은친구들, 문학마당, 한국장애인
    문화네트워크, 드림장애인인권센터, (사)한국복제전송저작권협회, (주)삼
    진정밀, 대전광역시버스사업운송조합, (주)맥키스컴퍼니, 대전청소년위캔
    센터, 주성테크, (주)파츠너

문의 | (042)826-6042

은퇴 이후

한상수 시집

개미

장애인인권헌장 중에 "장애인은 장애를 이유로 정치 · 경제 · 사회 · 교육 및 문화 생활의 모든 영역에서 차별을 받지 아니한다"라고 하는데 '과연 그러한가'라고 묻는 발간사를 쓴다는 것이 먹먹합니다.

장애인문학창작활동 작품집 발간 지원이 문화체육관광부등록 비영리민간단체이자 대전광역시지정 전문예술단체《장애인인식개선 오늘》이 민간 주도 사업으로서 전국의 시원이 되어가고 있습니다.

또한 다원예술을 통하여 작곡되어 시극, 가곡, 가요, 무용, 오케스트라, 앙상블, 국악에 이르기까지 접목하여 콘텐츠로 지적재산을 확보하고, 이어서 '7030 대전 방문의 해'인 2019년에는 축제까지 확산 가능한 준비된 전문예술단체로 성장하였습니다.

특히 〈2018년 장애인문화예술 '대전 다다(dada)' 프로젝트A〉란 이름으로 구현한 "함께 나누는 세상을 위하여"—홀로 선 장애인문화예술— 한국조폐공사 공연은

지역사회 공헌을 공기업과 함께 성공리에 마치고 금번 창작집 발간까지 민·관 협치의 사례로 귀중한 경험을 축적하였다는 생각입니다.

앞으로 잊혀진 인문학 자원의 발굴과 재현 그리고 장애인 문학의 새로운 역할과 기능을 통하여 장애인들의 인간다운 삶의 문화예술 향유가 적극적인 인권적 권리로 정착될 수 있도록 노력하겠습니다.

좋은 작가들을 선정해 주신 심사위원들과 숨은 노력으로 고생하신 단체의 임직원 여러분 수고하셨습니다. 그리고 선정된 작가들에게도 진심으로 축하드립니다. 뿐만 아니라 대전광역시, 대전광역시 의회, (재)대전문화재단의 노고에 진심으로 경의를 표합니다.

우리 단체는 앞으로 더욱 분발하여 장애인권리선언의 정신에 따라 장애인의 인권보호 그리고 완전한 사회참여와 평등을 이루어나가며 자치분권의 장애인과 비장애인이 더불어 살아가는 사회를 만들기 위한 여건과 환경 조성에 장애인 인문철학이 바탕이 되도록 노력하겠습니다.

2018년 12월
전문예술단체《장애인인식개선 오늘》
대표 박재홍

대학에서 은퇴한 후
편하게 살다보니까 이렇게 시집도 낸다.
내가 처음으로 문학을 시작한 것은
1956년 대전사범학교 재학 시절
숲문학동인회를 조직한 후부터다.
대전에서 최초로 창립한 학생문학회였다.
당시 시를 쓴다고 했지만 넋두리에 지나지 않았다.
여기 이 시집도 동화를 쓰면서 틈틈이
내 삶을 기록한 것들이다.
제목 그대로 은퇴 이후 쓴
일종의 소회(所懷)들이다.
앞으로도 계속 쓸 것이다.

2018년 11월 주방서실에서
육헌 한상수

은퇴 이후
차례

발간사 004
시인의 말 007

1부
그들의 축제

농악 1 016
농악 2 017
농악 3 019
농악 4 021
그들의 축제 024
설장구 026
징소리 028
쇄납 029
정일파 030
가야금 산조 031
대금 연주 032
어름사니 034
마지막까지 행복했네 035

2부
비로소 보이는 풍경

은퇴 이후 038

나의 죄 039

비로소 보이는 풍경 040

심연 042

그가 있는 곳이면 044

용서 046

감사한 것뿐이네 048

그분 050

그분이 오신다면 052

새길 054

평화를 누리려거든 055

길 056

아직도 가야 할 길 058

아름다운 사람 060

문 앞에서 061

3부

기도하게 하소서

검은 숲지대 064

괴물증세 066

아직도 그 마을에는 068

내일 070

교차로 072

지하도시 074

기도하게 하소서 077

미움 079

집수리를 마치고 080

귀 082

세월 084

후회 085

여행 086

그 길 088

등산길에서 089

여름, 1950년 091

4부
산골마을의 봄

봄바람 094

아지랑이 095

산골마을의 봄 096

진달래꽃 098

족두리꽃 099

층층나무 101

한란 103

동백꽃 105

바닷가에서 106

산사 108

산골짜기 주인 109

들길에서 111

산수화 112

5부

어머니의 초상화

참새가족 114

아버지 앞에서 115

어머니 116

어머니의 초상화 117

화석 119

마지막 미소 120

쇠말뚝 122

아들에게 123

동행 124

내 친구여 125

간이역 126

늙은 할매 128

6부
그리운 사람아

그리운 사람아 130

둑길에서 132

둑길의 추억 133

하숙생들 134

묵란첩 136

강릉 초당에서 137

운보 김기창 화백 138

연정 임윤수 139

당신은 우리의 깃발 140

무소유 142

가수 김장훈 143

1부
그들의 축제

농악 1

녹 슨 세월을 달려온 농기
솟대로 세워놓고
꽹과리 잡은 손
신명이 지피면
구성진 가락
손끝에 아우성치고
흥얼대는 어깨춤
파도처럼 출렁이네.

할머니 적부터 쌓여온 한숨
이제야 모두 풀리는가.
잽이들 신들린 장단
날개를 달고
관중들과 어울려 하나가 되면
바람난 굿판
모닥불이 되어서
가슴마다 옷고름 풀어 제치네.

농악 2

비록 신발이 닳고
일상이 휘어져도
꽹과리 들고 일어서면
굽어졌던 허리 펴지고,

손끝에 들린 신명
장단이 들면
풍물마다 각기 다른 소리
하나 되어 물결치고

흥겨운 가락.
온몸에 휘감겨
상모조차 하늘을 돌리면
어깨춤이 절로 얼시구절시구.

가슴속에 쌓였던 어둠
춤사위 속에 사라지고
여울진 희열,

구름을 차고 하늘을 나네.

농악 3

행주 잡았던 손
풍물 들고 일어서면
고주백이 같던 몸
어느덧 훨훨 날고.

잡색들과 어울려
한마당 돌고 나면
가슴 깊이 접어두었던 한숨
언제 희열로 변했나.

신명난 놀이판
흥겨운 가락 팔팔 뛰면
구경꾼도 어느새 하나 되어
더덩실더덩실 구름 위로 오르고

시름 많은 부엌은
간곳이 없고
바람난 장단만

춤을 춘다.

농악 4

알록달록한 명절이 피곤하게 기울면
일상을 벗어버린 여인들이 모인다.
도마 앞에선 마늘 하나 다질 때도
그처럼 얌전해서 답답하던 손이
풍물을 잡고 나면 수다를 떤다.

상쇠가 꽹과리 들고
연타채 울리면
잽이들은 일제히 모여서
붉은 핏덩이를 쏟아놓는다.

누워 있던 마을이 제자리에서 벌떡 일어나고
마을 사람들 오리걸음으로
너울지는 가락 속에 안기면
찬란한 기쁨이 유리쪽처럼 반짝인다.

주부들 손끝에 잡힌 흥이 발기하면
휘어진 몸매 펴지고 가녀린 손목에 새 힘이 넘쳐

가슴에 맺힌 한 힘차게 두들기면
악기마다 천 년간 다하지 못한 말 토해내고
타오르는 열정을 손끝으로 다스린다.

느진삼채 장단으로 너스레를 떨다가
자진삼채로 가파른 언덕을 올라서면
가락은 파도치고 돛단배를 어르며 노니는데
날라리 흐드러지게 호들갑을 떨면
동구 밖 둥구나무도 어깨를 들썩인다.

놀이마당이 뜨겁게 달궈지면
풍물패는 몸짓이 잦아지고
두마치 장단 숨 가쁘게 바빠지며
태산이라도 기어오를 듯이 몰아치다가
힘이 겨우면 쩍쩍이로 숨을 돌리고
상쇠 부쇠가 불덩이 같은 몸을 주고받으며
칠채가락 휘몰아쳐 절정에 이르면
숨죽이고 있던 구경군도 흥에 겨워 덩실 더덩실
잡색들과 하나가 되어 신명나게 돌아간다.

풍물 소리 산을 넘어 가고
풍물 치던 여인들 농악 속으로 사라지면
모든 강물은 놀이마당으로 몰려오고

흰 구름도 가던 걸음을 멈춘다.

*연타채 : 농악의 시작을 알리는 쇠 소리
*느진삼채 : 삼채(세마치)장단 중에 늦은 장단을 말함
*두마치 장단 : 이체 장단이라고도 하는데 가장 빠른 장단임
*쩍쩍이 : 농악 장단 중 하나
*칠채가락 : 농악 장단 중 하나로 가장 느린 장단임

그들의 축제

상쇠가 꽹과리를 울리자
구름이 아이들처럼 모여들고
쩌렁쩌렁 울리는 덩더쿵 소리에 놀라
빗방울이 후두둑후두둑 쏟아진다.

어깨를 축 늘어뜨리고 있던
나무들은 고개를 번쩍 들고
길섶에 누워 있던 풀잎들은
일제히 몸을 일으켜 날을 세운다.

빗방울은 땅속으로 깊숙하게 파고들고
목말랐던 대지는 꿀꺽꿀꺽 빗물을 마신다.
빨랫줄 같은 빗줄기 속에 나무와 풀들은
땡볕이 그슬려 놓고 간 몸을 닦고 있다.

성난 번개는 하늘을 찢어놓고
우레는 비명을 지르는데
풍물패는 환하게 웃으며

막걸리를 마신다.

설장구

그대 가녀린 어깨에
장구 메고 나서면
수다 떨던 나무들
조용히 숨죽이고

다소곳이 발목 세우고
장구채 높이 들면
치달리던 바람도
발걸음을 멈춘다.

채끝마다 귀부신 장단
숨 가쁘게 돌아가면
팽팽한 손놀림마다
탄성은 추임새 되고

하나가 된 관중
덩실덩실 어깨춤 파도치면
굿판은 어느새

그대만 있고 나는 없다.

징소리

이 넓은 우주공간에서
누가 너처럼 슬프게 울 수 있을까.
한 많은 우리 할머니들의 넋이
네 안에 들어가 있는 것인가.
얼마나 맺힌 한이 많기에
몇천 년이 지나도록
이처럼 긴 울음을 토하는가.
산 고개를 넘어
십리 밖까지 퍼져나가는
구슬픈 목소리
나는 너를 따라다니다가
내 안에 깊이 묻어두었던 노래
울어도, 울어도 꿈적하지 않던 바위가
내게서 빠져나간 줄도 몰랐다.

쇄납

굿판에는 들어가지 못하고
늘 놀이판 변두리에서
청승맞다 못해 애절한 목소리로
왜 그토록 흐느끼는가.
모든 사연일랑 고이 접어서
쌈지 속에 깊이깊이 넣어두고
기다리는 고은님 오시는 길목에 가서
즐거운 노래로 길을 닦아라.
어둔 밤 밝히는 조족등(照足燈) 준비하고
꽹과리 징 장구 북 모두 불러와
소리소리 한 테 묶어
고은님께 드릴 꽃다발을 만들자.
잡색(雜色)들도 오너라. 고은님 오신다.
우리 모두 한 자리에 둘러앉아서
접어두었던 사연 아궁이에 던지고
춤과 노래를 가꾸어 보자.

*쇄납 : 태평소

정일파

젊어서는 애절한 목소리
그 소리가 좋아
하도 좋아
쇄납 들고 구름처럼 떠돌았고

늙어서는 애달픈 세월
하고 싶은 말
너무 많아
조선팔도 떠돌며 노래했고

죽어서는 애끓는 그리움
농기가 펄럭이는 마당마다
그 소리 사무쳐서
일파만파 너울지네

*정일파 : 당진 출신. 남사당패의 한 사람으로 태평소를 불었음

가야금 산조

그대, 허전한 무릎 위에
뉘어놓고

떨리는 가슴 억누르고
조심스레 다가가면

돌탑처럼 쌓아올린 한
언제 무너졌나.

어깨마다 으쓱으쓱
구름 위로 오르면

나는 간곳없고
미소 진 선율만 춤을 춘다.

대금 연주

싸늘한 네 입술에
내 입김이 닿으면
너는 어느새 목소리 가다듬어
희노애락을 토해내고.

흐느끼던 가락 새가 되어
들판을 훨훨 날면
달빛은 젓대 끝에 내려와 춤을 추고
시끄럽게 대들던 바람은
숨을 죽이고 있네.

손가락 곰지락곰지락 신명이 들면
가녀린 가락 봄날 되어서
번뇌가 자란 고드름
팍팍했던 가슴속에 시냇물 이루고

흥겨운 대금 소리
내 몸을 감고 돌면

여울졌던 시름 간곳이 없고
달빛에 젖은 노랫가락만
춤을 추고 있네.

어름사니

쥘부채 들고 외줄에 오르면
흐트러졌던 마음 하나로 모아지고
무겁던 다리 잡념을 털어버리네.
부채 펴 들고 외발로 걸어가면
줄 아래 구경꾼 숨이 막히는데
털썩 주저앉아 방아를 찧다가
얼른 돌아서 하늘 높이 치솟으면
한숨 어린 탄성 희열로 변하고
가슴마다 종소리 너울져 퍼지네.
자기 자신을 놓아버린 어름사니
발로 적막의 선을 그어가다가
날개 펴고 하늘을 훨훨 날며
오그라졌던 가슴마다 활짝 펴게 하는
한 마리의 학이 되네.

*어름사니 : 줄광대를 말함

마지막까지 행복했네

장구와 함께 살아온 한평생
장구 속에 인생을 묻었고
장구 속에 행복이 있었네

어린 시절 장구채 들고
얼마나 기뻐했던가.
부르튼 손 입김으로 달래면서도
얼마나 즐거워했던가.
양장구까지 가는 길 고통이 거듭돼도
얼마나 살맛이 있었던가.

그 고난 밟고 일어선 상장구
세상 시름이 앞을 막아도
어깨에 장구 메고 두 손에 궁채 들면
신바람은 옷깃 끝에 나부끼고
가락 위에 서서 사뿐사뿐 걷는 걸음
구름 위를 거니는 듯
걸음마다 행복했네.

자진칠채 가락에 양장구 치면
낙엽 지듯 시름은 떨어져 나가고
궁채 끝에 돋는 흥이
가슴속에 꽃잎처럼 쌓이면
어느새 작두 타는 무당처럼
신들린 장단
장단 밟고 걸어가는 발걸음마다
가락가락 신명이 났네.

장구와 함께 살아온 한평생
장구가 있으므로 궁채가 있으므로
마지막까지 행복했네

*접가락 : 장구잽이가 가락을 칠 때 멋을 부리는 가락
*양장구 : 장구잽이가 가락을 칠 때 채로 궁편까지 치는 기법. 접장구라고도 함
*상장구 : 장구잽이 가운데 기예가 가장 뛰어나 선두에 서는 사람
*칠채가락 : 농악 가락에서 가장 치기 어려운 가락
*궁채 : 장구를 치는 것으로 궁과 채가 있는데 이 두 가지를 말함

2부

비로소 보이는 풍경

은퇴 이후

승용차를 몰고 다니며
만나던 사람들 어제 속에 세워두고
바쁘게 달리던 도로
지도책에 집어넣고
박수 칠 때마다 빛났던 순간일랑
쓰레기통에 집어던졌다
날마다 유등천 냇가를 걸으며
이전에 미처 몰랐던
풀꽃의 아름다움
그 희열 속에서
세월을 다림질하며 천천히 걸어간다.
탁류가 보이면
먼 산으로 눈길을 돌리고
오늘도 가슴속에 푸른 하늘 접어 넣고
그 위에 새로운 깃대를 세운다.

나의 죄

젊은 날 눈이 밝을 때는
내일 일도 내다보았는데
발자국마다 남기고 갔던
부끄러운 나는 왜 안 보였던가.

푸른 꿈은 노을처럼 사라지고
멀리 뵈던 은하수는 머리 위로 내렸는데
지난날 뒤란에 묻어두었던 부끄러운 이야기가
안경을 내려놓은 노안을 번쩍 뜨게 하네.

그처럼 오랫동안 보이지 않았던
얼룩진 발걸음이
머릿속이 환해지면서
또렷한 모습으로 뚜벅뚜벅 걸어 나오네.

비로소 보이는 풍경

버석거리는 몸을 이끌고
물결 속 조약돌처럼
희미하게 어른거리는 길을
침묵을 밟고 오르는 계단
이보다 무거운 발걸음이 있을까.

백 척 간두에 서서
살아있다는 사실만으로도 행복한 것을
왜 이전에는 알지 못했을까.
손에 쥐었던 바람까지 뿌리치고
스스로 쳐놓고 갇혔던 그물 찢고 나오니
파도처럼 몰려오는 삶의 기쁨
그처럼 보이지 않던 세월 속에
비로소 떠오르는 얼굴
족보 속에 누워계신 어른들이 보이고
내 자신의 모습이 또렷하게 보이네.

그동안 나를 붙들어주었던 그 많은 사람들

감사해야 할 사람들을 원망하며,
사랑해야 할 사람을 미워하며
삐틀삐틀 걸어온 길을 뒤늦게나마 돌아보며
길 고쳐 내려오니
창 밖에서 기웃대는 나뭇가지들
이처럼 사랑스러울 수가 없네.

심연

발자국이 모여져서 만들어진
내 안의 심연(深淵)
어쩌다 바람이라도 스치고 지나가면
비밀스럽게 감추어졌던
발자국이 걸어 나온다.
일기장에도 쓸 수 없었던
부끄러운 일들
아무도 모르게 찢어버렸던 눈물
가슴속에 꽁꽁 감춰두었던
꼬불꼬불한 이야기.
구정물에 떠오르는 밥알처럼
수면 위로 떠오르는 부유물을 보라.
이렇게 많은 줄을 왜 알지 못했는가.
누군가 장대로 심연을 휘젓기라도 하면
내 속에 세탁기 돌아가는 소리 가슴을 저미고
그 소리에 놀라 온몸을 가누지 못한다.
어리석었던 탑 쌓기여
이제부터라도 뒤돌아서서

내 안에 있는 심연을 메워버리고
모든 사람이 드나드는 사랑방 만들어
누가 와서 떠들어대도 그 소리 다 들어주며
감사하는 삶을 살아가리.

그가 있는 곳이면

그가 있는 곳이면
어느 곳이든지 눈이 부시다.
시들어 가는 것이 있다면
자신을 뿌리치고
햇빛도 무서워 들어가지 못하는 골목,
막다른 골목 그 뒤란까지도
서슴지 않고 달려가는 사람.
자기 이름도 잊어버리고
허물어져 내리는 숨소리를 남의 팔을 의지하고
사는 사람을 위하여
자기 팔뚝 하나 떼어주는 사람.
연일 침대를 짊어지고
몸에 돋아나는 비늘을 떼어내며
울고 있는 빈손에
푸른 하늘 한 자락을 오려다가
안겨주는 사람.
캄캄한 바위 속에서도,
끝까지 버리지 않던 소망을

눈물 속에 흘려보내고 먼 하늘 바라보는
그 희미한 눈 속에
푯대를 세워주는 사람
그가 있는 곳이면
어디든지 눈이 부시다.

용서

용서할 수 없는 사람을
용서한다는 것은 얼마나 어려운 일인가.
용서는 자신을 죽이는 것
자신을 포기하는 것
끓어오르는 울분일랑
던져버리고
하늘을 한 번 바라보면
그대 가야 할 발걸음 앞에 날개가 되리
용서할 수 없는 사람을
용서한다는 것은.
사랑할 수 없는 사람을
사랑하는 것.
이제껏 마음속에 움켜쥐었던
모든 욕망을 내려놓고
손 안에 쥔 바람까지도 나눠어 가질 수 있는
넉넉한 사람.
용서할 수 없는 사람을
용서할 줄 아는 사람은

얼마나 눈부신 보석인가.

감사한 것뿐이네

지금 생각하면 감사한 것뿐이네.
여기까지 오는데
결국 외줄타기를 하며 걸어온 것 아닌가.
더러 박수소리에 놀란 일도 있었지만
천둥은 수시로 으르렁거리고
번개는 몽둥이를 휘두르고
그때마다 얼마나 당황했던가.
내 능력으로는 감당할 수 없었던 외줄 위에서
나는 벌벌 떨며
몸을 가누지 못하여 곤두박질할 뻔했으나
용케도 견디어 왔지
돌아보면 평탄한 날은 없었네.
누가 흔들어 대면 흔들림을 당하고
누군가 돌멩이를 던지면 그저 맞으며
때로는 함정에 빠져 무덤처럼 누워서
얼마나 괴로워하며 절망했던가.
몇 번이나 포기하고 싶었던 마라톤
끝까지 희망을 잃지 않고

외줄을 타며 여기까지 달려온 것은
누군가 나를 붙들어 주었기 때문이네.
그 먼 길을.

그분

내가 철부지(哲不知)였을 때
그분이 나를 찾아오셨다.
나는 친구네 집 손님처럼 여기고
건성으로 미소를 보냈다.
그분은 한결같이 내 마음속으로
들어오고 싶어 했다. 그럴수록
나는 그분을 밀어냈다
그래도 그분은 내 곁을 떠나가지 않고
항상 문 밖에서 나를 기다렸다
내가 일터로 나가면 일터로 쫓아오고
병원으로 가면 병원으로 달려오고,
변비로 끙끙 댈 때는 화장실까지 따라왔다.
내가 필요한 일이 있으면 그분에게 부탁하면 되었다.
나는 벌써 칠십여 년이 지나도록
그분을 심부름꾼처럼 부리면서 살아왔다.
이제 친구들도 다 떠나가고
나는 겨울나무처럼 남루하게 서 있는데
그분은 끝까지 내 곁을 떠나지 않고 있다.

더러 구급차를 부를 일이 있으면
그분이 먼저 알고 처리해준다.
이제 보니 내 모든 것은 내 것이 아니라
그분의 소유였다.

그분이 오신다면

비바람이 몰려와도
이른 아침부터 동구 밖에 나가
꽃가지 한 아름 모아들고
기다리겠어요 그분이 오신다면

골방에 아껴두었던
가얏고 꺼내다가 소리소리 엮어서
오시는 길 그 위에 좌악
깔아드리겠어요 그분이 오신다면

백합이랑 장미랑 온 집안 장식하고
다탁에 마주 앉아
고이 아껴 두었던 찻잔에 내 마음의 노래를
가득 부어드리겠어요 그분이 오신다면

긴긴 밤 다림질하여 처마 끝에 등불 내 걸고
이날 위해 가꿔온 춤과 노래
마당이 눈부시도록

펼쳐놓겠어요 그분이 오신다면

새길

그가 있으므로 나는 소망이 있었네.

어둠 속 깊은 적막 속에 홀로 갇혀 있을 때도
나는 그를 바라볼 수 있어서 행복했네
병든 이력서를 들고 광야에서 방황할 때도
나는 그의 음성을 들을 수 있어서 행복했네
여울진 슬픔 속에 들꽃처럼 떠내려 갈 때도
나는 그가 나의 손을 잡아주어서 행복했네
모든 사람이 손가락질하며 나를 떠나가도
나는 그가 항상 내 곁에 있어서 행복했네

그가 있으므로 나는 꿈을 꾸었네.

평화를 누리려거든

거친 세상에서 평화를 누리려거든
쇠고삐처럼 잡고 있는
욕심의 끈을 놓아버려라
그 끈을 쥐고 있는 한
번민은 폭포수처럼 쏟아지고
어둠의 칼날이
시시때때로 눈앞에서
번개처럼 날뛰리니
욕심의 끈을 놓아버려라
왜 자꾸만 머뭇대고 있는가
안개처럼 희미하게 남아 있는 미련 때문에
더 큰 환난이 태풍처럼 몰려오면
그날의 절망을 어찌 감당하랴
어차피 네 것이 아니었으니
욕심의 끈을 놓아버려라
평화, 참 평화가 봄바람처럼 불어와서
푸른 초장에 누워 있으리.

길

그동안 얼마나 많은 길을
걸어왔던가
그 험난한 길을

굽은 길을 펴기 위하여
항상 작업복을 입어야 했고
미친바람과 드잡이를 하였지

병든 영광은 저녁노을처럼 사라지고
절망이 파도처럼 몰려와도
다리를 절룩이며 달려온 길

뒤엉킨 미로 속에 포로가 되어
어둠을 눈물로 닦으며
얼마나 통곡했던가

이제야 지나온 길이 거울이 되어
무거운 짐 부려놓고

나의 길을 찾았네

온몸은 지치고
발목은 시려서
한숨만 짓고 있는데

아직도 가야 할 길

여기까지 걸어온 것만 해도 기적이다
손가락질을 받으며
때로는 객혈을 토하며
무릎으로 철책을 얼마나 많이 넘었던가
그 많은 산등성이를 넘으며
땀을 뿌린 곳마다 꽃으로 피어났다.
꽃은 사태져 여울져도
목마른 발걸음은 멈추지 못하고
멀리 뵈는 푯대를 향하여
그분이 걸어갔던 것처럼
아직도 가야 할 길이다
부르튼 발은 부어오르고
상처난 발이 고함을 쳐도
내가 부를 노래를 목안으로 넘기며
아직은 잠을 깨울 때가 아니다
얼어붙은 강을 건너야 한다
가다가 진달래가 손짓해도
산수유 노란 꽃그늘이 유혹해도

걸쳤던 옷마저 다 찢겨나가도
나는 아직도 가야 할 길이 있다

아름다운 사람

하루 종일 해 그림자와 놀다가
젖은 눈으로 돌아서는
쓸쓸한 그 뒷모습이 아름답다.

누군가를 기다리다가
누군가를 그리워하다가
눈물로 한숨을 닦아내는 손등이 아름답다.

그리움이 하얀 머리 되고
괴로움이 굽은 허리 되어도
하얗게 웃음을 자아내는 얼굴이 아름답다.

사무치는 발길을 멈추고
타오르는 가슴을 안으로 다스리며
끝내 속을 드러내지 않는 사랑은 더욱 아름답다.

문 앞에서

천국은 어린아이와 같은 자들이
들어갈 수 있다고 했는데
나는 어른이 좋았다.

누군가 다가와서
미소를 지으면
뒤란에 가서 펼쳐보고
흥타령을 불렀다.

누군가 찾아와서
슬프게 피리를 불면
그 노래 마구 찢어서
강물에 버렸다.

허구한 날 소프라노만 즐겨
외줄타기하듯 높은 고음을 밟고 오르다가
무너져 내린 나의 욕망이여
나는 비로소 모래알이 되었다.

지금은 문 앞에서
깨진 무르팍을 꿇고
부들부들 떨고 있다.

3부

기도하게 하소서

검은 숲지대

저만치 검은 숲이 있다.

그곳엔 항상 시꺼먼 전류가 흐르고 있으나
누구도 알지 못한다
비밀번호조차 아는 이가 없다.

감전된 언어가 여기저기서
팔딱거리다가
까맣게 죽어가고 있다.

저당 잡힌 미소는 차압당하고
다시 일어나야 하는데
목발조차 모두 부려져버렸다.

출구가 없는 공간
햇빛도 무서워 달아나고
바람도 비껴가는데……

숲으로 가는 길에는
흰옷 입은 사람들이 걸어간다.
까만 전류 속으로.

검은 숲은 웃고 있다.

괴물증세

지난밤 휴지통에 버렸던 이야기를
출근길에 다시 꺼내어 들고 간다.
갑자기 가방이 무거워지면서
귀에서 이명이 들린다.
버스에 오르면서
모든 소리는 바퀴에 깔려 죽고
나는 잠 속에서 두통약을 먹는다.
버스에서 내리는 순간 죽었던 언어들이
물구나무를 서고 종알대며 따라온다.
강의실에 들어가면서 모든 말들은 달아나고
나는 내 말만 반복하고 만다.
가끔 학생들이 내 말을 창으로 찌른다.
나는 그들의 창을 꺾어버리기도 하지만
더러는 창에 찔린 마침표가 피를 흘리기도 한다
휴식시간에 만나는 사람들의 이야기는
보청기를 끼고 들을 수밖에 없다.
내용은 대개 전염병에 감염된 말들이었다.
나는 그것들까지 하나도 버리지 않고

그대로 싸가지고 집으로 와서
시험지 채점하듯 방안에 늘어놓고
밤새 들쳐보면서 하나씩 휴지통에 버린다.
그리고 이튿날 아침
출근길에 다시 꺼내어 들고 직장으로 간다.

아직도 그 마을에는

어둠이 서서히 얼어가는 그 마을에는
항상 안개가 스멀거리고 있다.
비릿한 눈물이 개울을 만들고
시커먼 신음소리가 빙하를 이룬다.
사람들은 뒷길로만 다니고
대로로는 짐승들만 다닌다.
누군가 대로로 나갔다가
야수들에게 물려서 벙어리가 된 일이 있다.
이런 일이 있을 때마다
마을에는 뉴스가 사라지고
사람들 가슴에 숨어 있던 구슬픈 노랫가락이
마을길로 쏟아져 나오려고 아우성이다.
그들은 절제한다.
살기 위한 양식이다.
인내는 마침내 뇌암을 유발하고
의사도 없는 마을에는
출구를 빼앗긴 한숨들로 만원이다.
누군가가 마을 광장에 깃발을 몰래 달아도

그 노랫소리는
비에 젖은 가로등 불빛처럼 칙칙하게 사라질 뿐
결코 마을을 밝히지는 못한다.
사라지는 것들은 제 목소리도 내지 못하고
낚시에 걸린 물고기처럼 버둥대지만
그저 사라질 뿐이다.
마을은 여전히 어둠이 차디차게 얼어붙고 있다.

내일

핸드폰에서 로봇이 나오는 광고를 보면서
커피를 마신다.
내 몸에서 슈퍼 박테리아가
나오면 어떻게 하나
언젠가부터 내 안에 습지가 생기고
나는 가을 햇볕을 펴서 축축한 근심을 말린다.
케이티엑스 안에는
베토벤의 향기가 진하다. 이제는 사랑하는 것들이
암세포로 변할는지 모른다.
궤도를 달리는 철마가
바닷속으로 뛰어 들어가지 말라는 법도 없다.
나는 칙칙한 상념의 그늘에서 하늘을 본다.
미친 계절은 난동을 부리고 있다.
일상은 항상 바쁘게 돌아가고
불안은 내 안에 웅덩이를 판다.
내 머리에는 날마다 안테나가 수없이 세워지고
괴물은 웅덩이를 어지럽게 한다.
이제는 초승달도 두렵다

한 송이의 매화나 국화도 두렵다.
내일은 불안한 꿈만 꾸게 한다.

교차로

피카소가 그리다가 던져버린 그림처럼
고층빌딩들은 아우성치고
사방에서 괴물은 몰려옵니다.
도로는 팔방으로 달아나고
그대는 현기증에 시달리며
몸을 가누지 못합니다.

나는 그대의 숨소리가 두려워
머릿속에 접어둔 전원교향곡을 펴보며
가던 길을 멈추었습니다.
그대 고통이 소용돌이치며
내 안에 꽃밭을 짓밟고 지나간 발자국은
가시나무숲을 이루었습니다.

오늘도 교차로에는 찢겨진 메아리가
피를 흘리며 아우성칩니다.
사람들은 모여들지만
의지할 의자 하나 없고

시뻘건 눈만 번쩍이고 있습니다.
나의 꿈은 허겁지겁 돌아서고
나는 내가 부를 노래조차 잃어버렸습니다.

지하도시

1
입구는 언제나 활짝 열려있다.

2
이 도시에는 신호등이 없다.
어둠이 신음소리를 내면
고급승용차들이 오만하게 질주한다. 언젠가는
오토바이들이 피를 흘리며 집단으로 폐사하여
도시를 경악하게 한 일도 있다.
대개 이런 사건은 하루 이틀 만에 안개 속에 묻히고
유머만 팔팔 뛰어다니며 호들갑을 떤다.

사람들은 날마다 행복을 연구한다. 그 결과
누군가 벼락사장이라도 되면
온 도시가 질투의 도가니가 된다.
누군가는 날마다 뉴스를 만들어내고
어디선가는 자꾸 난청환자를 만들어낸다.

어쩌다 햇빛이 조금 들면 설렘이 깃발을 든다.
사람들은 절망 속에서 재능을 발휘한다.
여직공을 시의원으로 당선시키기도 하고
감옥에 갇힌 사람을
신으로 만들기도 한다.
달리는 시간을 멈추게 하는 일은 예삿일이다.

극한상황에 도전하는 모험가들도 늘어난다.
밤길에 익숙한 사람들은
가로등이 없는 거리를 사랑한다.
그들의 고독한 발걸음은
타오르는 욕망이 되고
그들의 정의는 편견과 편견 사이를 휘젓고 다니며
찬란한 유혹에 빠지기를 좋아한다.
드디어 어둠의 비린내가 몸에 배이면
사람들은 어느새
내일이 없는 괴물이 된다.

누가 새로운 논문을 발표하면
도시는 온통 짐승들의 축제가 되고
우울증에 시달리던 여인들까지
설렘을 안고
내일을 위해 어둠을 빨아들인다.

이처럼 일상이 소용돌이칠 때마다
그들의 영토는 거세게 출렁거린다.

3

출구는 항상 굳게 닫혀있다.

기도하게 하소서

따뜻한 봄볕이 마음속에 파고들 때
주여, 기도하게 하소서

논밭에 여름이 무성하고
내 속에 야심이 여름나무처럼 무럭무럭 자랄 때
하늘을 우러러 두 손 높이 들고
기도하게 하소서

논밭을 떠나 행여 무대에 오르게 될 때
군중들의 환호 속에 박수를 받을 때
꽃다발이 가슴을 흔들어 놓을 때,
겸손한 마음으로 엎드려
기도하게 하소서

또 많은 열매 거두었을 때나
거둘 곡식이 없을 때도
감사한 마음으로
기도하게 하소서

그리고 겨울이 오기 전에
기도하게 하소서

미움

언제까지 들고 있을 것인가.
모래알 적부터 키워온 미움의 돌덩이
시간이 흐를수록 무거워지는 짐
마침내 바위가 되고 말겠네.
그로부터 떠나가지 않으면
저주의 늪에서 자란 벌레
머릿속 푸른 새싹 모두 갉아 먹고
누런 사막을 만들어 놓으리.
거기, 모래바람 휘몰아치는 광야에 서면
이제껏 가꿔온 노래 힘없이 무너져 내리고
믿음으로 살찐 영혼 미라가 되고 말겠네.
무거운 짐, 발 앞에 내려놓고
먼 산 한번 바라보면
연기처럼 사라지고 말 것을.
언제까지 들고 있을 것인가.
자기 안에 자기를 내려놓지 못하는 자여.

집수리를 마치고

칠십이 년이나 지나도록
마구 사용해온 나의 집
부모님이 좋은 집 물려주어서
그동안 수리 한번 안 하고 사용하였네.
남들은 사십 년도 사용하지 못하고
폐가 처분한 뒤에 아주 먼 나라로 이민을 간 친구도 있지
더러는 일생 동안 집만 수리하느라고
수고하며 사는 친구도 있네.
이제는 내 집도 노후하여
마침내 수리를 부탁했지
삼십 분 동안 내 집안 구석구석
무너져 내린 곳을 수리하였는데
망치 소리가 몇 번이나 하늘을 파열시켰는지
그 불안하고 캄캄했던 시간이 삼십 년쯤 지난 것 같았네
앞으로 몇십 년은 더 살아야 할 집
더 이상 수리하지 않고 살 수는 없을까.
내 집을 주신 이에게 더욱 의지할 수밖에
칠십이 년이나 되어서 비로소

깨닫는 확신.

귀

말속에 칼이 들어 있다
아침부터 칼날의 휘둘림 속에서
하루를 보내노라면
칼날의 부딪침은 숲을 이루고
귀는 먹통이 된다.

아이들의 고함 소리도
바람처럼 지나가고
확성기에서 떠드는 소리는
보청기를 끼어도
아득한데

한적한 시골길을 걸으면
민들레 웃음소리가 들리고
냇가에 조약돌이
드러눕는 소리가
귀를 화들짝 열어젖힌다

풀꽃도 입을 다무는 흑암 속에
홀로 누워있으면
두꺼운 벽이 사라지고
먼 하늘에서 여울지는
별들의 속삭임이
어머니 목소리처럼 다정하게 들려온다

세월

세월이 흘러간 것이 아니라
내가 세월을 거슬러
여기까지 달려온 것이네
바람처럼 달려온 나날
얼마나 숨 가쁘고 험난했던가.
보이지 않는 깃대를 향하여
항상 홀로 이를 악물고 달려왔지
때로는 실수로 넘어져도
절망을 털어내고, 다시
일어나 뛰기도 했지
인생은 결국 장애물 경주였네
넘고 넘어도 반복되는 허들
중도에 탈락하지 않은 것만 해도
얼마나 감사한 일인가.
여기까지 달려온 것도 모두 기적이었네
아직도 넘어야 할 장애물이
더 많은 나의 길.

후회

무엇을 위해 기관차처럼 달려왔던가.
그 열매를 망태에 담을 때마다
날로 더해가던 즐거움은 자랑이 되고
내 안에 있는 큰 기쁨이었네.
지금도 달리고 싶은 그 길
관절염이 하소연하고 약봉지가 고함을 지르네
이제는 친구의 얼굴도 희미한데
그 많던 친구들은 어디 있는가.
지난날 영광에 가려졌던 허물이
세월을 비집고 슬며시 나타나더니
참회의 눈물로도 지워지지 않네.
무엇을 위하여 그처럼 열심히 달려왔던가.

여행

여행의 즐거움은
다시 집으로 돌아가는 것이네.

배낭 하나만 지고 훌훌 떠났던
나그네
파리 피카소 미술관에서
암호 같은 그림 속을 헤매다가
빅톨 유고 박물관에서
알록달록한 언어에 붙들려
춤을 추었지.

야간열차의 연설을 들으며
달려온 로마
이방인들이 쏟아놓은 감탄사
배낭 속에 주워 담고

런던에서
요한 웨슬레를 따라 걷다가

버스를 타고
열차를 타고
행복을 쥐고 돌아온
공항 대합실

여행의 참맛은
집으로 돌아가는 길이네.

*요한 웨슬리(John Wesley, 1703년~1791년)는 감리교운동을 시작한 인물

그 길

나는 그 길밖에 없어서
아플 수밖에 없었다.
날마다 첩첩산중을 걸어가며
한숨을 지팡이로 삼았다.

비바람이 불어와도
눈보라가 쳐도
고함치는 종아리를 달래면서
홀로 걸어가야 했다.

사람들은 다른 길로 가라고 권했지만
나는 무거운 짐을 지고
그 길을 걸어갈 수밖에 없었다.
좁은 문을 향하여……

등산길에서

정상은 아득한데
온몸엔 한숨이 흐르고
발은 고함을 지른다.

뒤돌아보니
씨근대는 숨소리가
산길을 따라 줄지어 올라온다.

길가 막돌 위에 앉아
다리를 달래는데
풀섶에 숨었던 제비꽃이
고개를 들고 방긋 웃는다.

뒤따라오던 사람들은
그냥 지나치고
어디서 바람이 달려와서
시샘을 한다.

미소를 뿌리치고
정상에 오른들 무엇하랴.
꽃 하나 가슴에 꽂고
산을 내려온다.

여름, 1950년

그때 나는 빨리 집으로 돌아가서 할아버지 똥을 받아
내야 했다.
이제 깔은 한 다발만 베면 끝이 난다.
풀을 벨 때마다 검은 구름이 낫에 베어져 묻어났다.
내가 정신없이 벤 구름을 바지개에 담자마자
우레 소리에 놀란 지게가 비틀거렸다. 그 순간
번개는 땅과 하늘을 오르락내리락하고, 나는
작대기를 놓쳐버리고 한 손으로 지게를 받치고 있었다.
낫에 베인 손가락에서는 피가 뚝뚝 떨어졌다.
마침내 빗방울은 후두둑후두둑 쏟아지고
송아지는 놀라 헐레벌떡 달아나고
마을로 가는 길에는 어둠이 앞질러가고 있었다.
소나기로 변한 빗방울은 송아지 잔등에만 마구 쏟아졌다.
송아지는 우레가 소리 지를 때마다 길길이 뛰더니
번개가 번쩍번쩍할 때마다 춤을 추듯 뛰어 다녔다.
천둥과 번개와 소나기와 송아지가 뛰노는 풀밭에서
나는 어떻게 해서라도 송아지 고삐만 잡으려고
송아지처럼 정신없이 뛰어다니고 있었다. 정말, 나는

엉겨 붙는 어둠을 발로 차버리며 풀섶에 엎드려 있어
야 했다.

오동나무 위에서는 까마귀 한 마리 비를 맞으면서

마치 연극공연을 감상하듯 나를 바라보고 있었다.

그때 나는 빨리 집으로 돌아가서 할아버지 똥을 받아
내야 했다.

*깔 : 소 먹이 풀(꼴)을 일컫는 진산지역의 방언
*바지개 : 지게 위에 작은 물건을 나르기 위하여 걸쳐놓는 도구. 표준어는 발채

4부

산골마을의 봄

봄바람

산등성이 넘어온 진달래
종달이 날리더니
잘잘잘
시냇물 소리 들린다

봄비가 징검다리 건너오고
벌금자리 꿈틀대는 소리
귀가 부시다

이렇게 좋은 날
어찌 병이 나지 않으랴.
아픈 다리 이끌고 시냇가로 나갔더니
노란 민들레가 방긋 웃고 있다

큰일 났다.
봄바람이
내 안에 불을 지른다

아지랑이

입춘방 붙이자
앞산을 넘어오는
그대의 눈부신 모습

나무마다 새순이 환영 나오고
응달에 웅크리고 있던 돌멩이들은
일제히 함성을 지른다

종달이 그대 따라 하늘 높이 솟아오를 때마다
나싱개 달롱개 쑥쑥 자라나고
매화나무 기지개를 틀며 입술을 붉힌다

겨우내 무덤 속 같았던 산골짜기
그대가 몸짓을 할 때마다
개나리 꽃잎을 터트리며 악보를 그린다

산골마을의 봄

언제부턴가
마을 사람들은 하나둘씩 도시로 떠나고
혼수상태에 빠진
산골마을은
찾아오는 이 없는 공동묘지 같다

걸핏하면 웃음소리로 시끌벅적하던 골목길은
정적이 목을 조이고
발걸음이 뜸한 마당에는
겨우내 쌓인 눈이
멍이 든 채 누워 있다.

가난을 등에 업고
홀로 남은 늙은 부부
꽃잎 터트리는 소리까지 들으며
봄날을 헤아린다.

소쩍새 울음 지는 밤이 되면

추녀 아래 등불 걸고
언제 올지 모르는
아들의 발자국 소리를 더듬느라
잠을 못 이룬다.

진달래꽃

쫓기는 마음 놓지 못하여
모처럼 대둔산에 올라갔더니
진달래가 여기저기서 웃고 있었습니다.

가슴속에 까만 포말들이
와글대던 그 위에
진달래꽃 한 송이 꽂았습니다.

멍석말이하였던 넉두리
죽었던 노래가 일어나 춤을 추었습니다.
나는 눈물이 펑펑 쏟아졌습니다.

산을 내려오는 길에서는
자꾸만 웃음이 푸숙푸숙 나와서
진달래처럼 웃어버렸습니다.

족두리꽃

시집 못 간 처녀의
넋이런가.

슬픔을 안으로 다스리며
피어나는 족두리꽃이여.

천년의 한(恨) 아직도
가슴에 사무쳐서

두 손을 높이 들고
단정하게 앉아 있는 매무새.

아직도 버리지 못한 소망이기에
족두리부터 쓰고 오는 것인가.

한적한 대둔산 기슭
함초롬히 피어 있는 족두리꽃.

지난날 내 누이 같이
슬픈 꽃이여.

층층나무

누가 쌓았나
저렇게 아름다운 탑을
이 높은 산을 오층탑이
가득 메웠네

비바람이 불어와도
설한풍이 몰려와도
늘 의연한 모습으로
스스로를 단장하더니

겨울 내내 기다렸던
화려한 꿈을
뻐꾸기 노래 위에
활짝 펴 놓았네

누구의 그리움 모아져서
저리 고운 탑을 만들었나
푸르른 오월, 그의 미소

노른이골을 뒤흔들고 있네

*노른이골 : 충남 금산군 진산면 묵산리에 있는 골짜기

한란

스무 해 전 어느 정객이
국회의원 아무개라고 써서 보내준
한란 한 포기
이사할 때마다
맨 먼저 차에 태우고
맨 먼저 내렸더니

난이 나를 알아보고
해마다 꽃을 피우며
향기를 발하네

그사이 정객은 세 번이나 낙방하고
지인도 잊어버리고
골방에서 칙칙하게 살아가는데

난은 올해도 추위를 이기고
꽃봉오리를 일곱 개나 터트려
내 방안에 향기를 가득 채워주네

스무 해 전 어느 정객이
국회의원 아무개라고 써서 보내준
한란 한 포기

동백꽃

지난겨울 무슨 사연 있기에
저처럼 얼굴을 붉히면서
댓바람에 달려왔는가.
아버지는 고혈압으로 누워 있고
어머니는 아직도 관절염으로
거동이 불편한데
너는 칼바람도 아랑곳없이
개나리와 진달래까지
이끌고 달려왔구나.
네가 이렇게 빨리 찾아오면
아랫목 청국장은 누가 띄우고
콩나물시루는 누가 물을 주랴
도대체 나보고 어쩌란 말이냐
계절을 허물고
추위를 부수며 달려온
동백꽃아.

바닷가에서

길을 몰라 주체할 수 없어
바닷가로 나갔더니
집게 한 마리
길을 잃고 헤맨다.

파도를 이끌고
화려하게 달려왔던 집게
해저로 내려가는 길엔
동행 하나 없다.

잔물결조차 멀리 달아난 갯벌에서
홀로 거품을 토하는 집게
노을에 젖어
슬픈 노래가 된다.

어둠은 바다를 삼키고
썰물 소리조차 아득해진 저녁
고독은 게걸음으로

지나온 바다를 뒤돌아본다.

산사

온종일 새들 노래
절집을 흔들더니

어둠이 내려오자
목탁도 잠이 들고

추녀 끝 달린 풍경에
산바람만 맴도네

산골짜기 주인

낙향한 늙은이
작은 산골짜기 주인이 되어
낮에는 까치소리 듣고
밤에는 바람소리 들으며
밭을 간다.

엿가위 치는 듯한 그 소리 들리지 않고
하루가 지나가면
가시 걸린 목구멍처럼
산골짜기가 온통 뻐근하다.

바람까지 찾아오지 않는 밤이면
구름은 댓돌 아래까지 몰려들고
늙은 바지랑대는 어깨가 무거워서
축 늘어진다.

발자국 소리만 들어도
천기를 알아차리는 산골 늙은이

까치가 울지 않고
바람이 불지 않는 날이면
오히려 초조해서
행복하다.

들길에서

봄날 들녘에 나서면
길이 많아서
눈이 부셔서
갈 길이 보이지 않았네

꽃들의 그윽한 목소리
작은 가슴속에
모닥불 피우면
바람난 들길은 춤을 추네

길 따라 비틀배틀 거닐다가
잔디가 속삭이고
바람이 머문 자리
하염없이 눈길을 풀었네

산수화

그대 붓끝에서 들리는
피리소리
계곡을 흔드는데

늪에 빠진 청둥오리
발목을
빼지 못하고

지나가던 기러기 떼
계곡에
내리는구나.

그림이 떠드는 소리
듣고 있으면
행복 속으로 들어가는
입구가 보인다.

5부

어머니의 초상화

참새가족

날개짓을 시작한 참새 오형제
엄마가 나뭇가지에 한 줄로 앉혀놓고
먹이를 구하러 가면
참새들은 신나게 노래를 한다

가지 끝에 앉아 있는 막내
잔바람 할랑할랑 불어오면
다리에 힘주고 두 눈만 똥골똥골

먹이를 물고 온 어미새
막내는 제쳐두고
맏이부터 차례대로 먹이다가

멀리서 시커먼 구름 성큼성큼 걸어오면
막내부터 깃으로 툭툭 쳐서
안쪽으로 조촘조촘 밀어 넣는다

아버지 앞에서

아버지가 노인병원에서 외롭게
돌아가신 아침,
그제야 나는 정신이 들었다.
그래도 평화로운 얼굴로 누워 있는
아버지 모습을 바라보면서
나는 말없이 지난날 앞에 무릎을 꿇었다.
이처럼 시끄럽게 느껴지는
침묵은 없었다.

병상 옆에 있던 지팡이가 내 옆구리를 쳤다. 아버지가
먹다가 버린 두유병이 나에게 달려들었다.
나는 얼른 아버지 시신 앞에 엎드렸다. 거기,
아버지가 손에 쥐고 있던 가족사진이
쏜살같이 내 눈 속으로 들어왔다.
내 머릿속에서 천둥소리가 요란했다.
번개가 번쩍번쩍거렸다. 나는
나도 모르게 침묵을 깨고
강물을 토해내고 있었다.

어머니

당신은 작은 식당에서 밥그릇을 나르며
시간을 앞질러 살아갔지만
항상 감사하며 사는 사람
누가 화를 내고 야단을 쳐도
변함없는 미소로 시중을 들며
모두 자기 탓으로 돌리는 사람
누군가 도끼눈을 뜨고 핏대를 세우며
한 벌밖에 없는 옷을 벗겨가도
담담하게 웃을 줄 아는 사람
비록 밥그릇이나 나르면서 살아왔지만
푸근한 미소를 가꾸며 살던 당신은
보석처럼 빛나는 사람

어머니의 초상화

그때 어머니의 의자는 몽당빗자루였네.
마늘을 깔 때나 감자 껍질을 벗길 때나
고래구멍에 불을 땔 때,
설거지를 마치고
밥 먹을 때면
의례 깔고 앉았던 몽당빗자루.
눈물이 펑펑 쏟아질 일 있으면
빗자루 위에 홀로 앉아서 시름을 뜯어내던 곳
어머니가 이 세상 마지막 날까지
가장 편하게 몸을 맡길 수 있었던
친구였네.

훗날 전기불이 들어오고
의자를 들여놓았어도
그 작은 몽당빗자루를 버리지 않던 어머니.
어머니가 돌아가신 후 고향에 가면
부엌 한 귀퉁이에
쓸쓸하게 버려져 있던 몽당빗자루.

어머니의 환한 미소.

화석

언제부터인가 어머니 가슴속에는
화석이 들어 있었습니다.
열여덟에 시집와서 여린 손으로
열여덟이나 되는 식구들을 섬기느라
한 번도 소리 내어 크게 웃지도 못하고,
도리란 그물 속에서
퍼덕이는 물고기처럼 살아온 인생.
예순다섯 해 동안 부엌만 맴돌다가
불 없는 아궁이처럼 서늘하게
생을 마친 어머니.
운구하는 날
우리들이 무척이나 힘들었던 것은
어머니 가슴속에 들어 있는 화석,
그 육중한 화석 때문이었습니다.
아무에게도 보여주지 않고
무덤 속까지 가지고 가신
그 비밀스런 화석 때문이었습니다.

마지막 미소

병실에 갔을 때
지푸라기 같은 몸을
간신히 일으키고
그래도 희미한 미소를 보여주던
숙부님. 무거운 짐을 마당가에 부려놓고
지게를 벗으며 보여주던 그 미소였네

여든이 넘도록 메고 다니던 지게만
헛간에 남아서
숙부님이 평생 져 날랐던
그 많은 짐, 삶의 무게를 바라보며
마지막 짓던 그 미소를 보네
새벽을 열어나가는 당신

항상 빗자루를 옆에 끼고
빗자루처럼 굽실거리며
살아가지만
청소하며 살아갈 수 있는 것만으로도

당신은 감사하며,
만족하는 사람

누가 모함을 해도 욕지거리를 해도
잔잔한 미소로 대답하며
열심히 비를 들고
새벽을 열어나가는 당신은
이웃 사람 모두에게
가슴을 설레게 하는 사람

거드름을 피우는 사람들 앞에서도
기죽지 않고
악취 나는 그것까지 쓸어내며
거리를 바꾸어 놓는 당신은
누구에게나 미소를
심어주는 사람

쇠말뚝

할머니가 밭일할 때
밭두렁 근처에 쇠말뚝을 박아놓고
송아지를 매어놓으면.
송아지는 쇠말뚝 둘레에서 하루를 보냈지만
사실은 할머니 눈 안에서 놀았네.

송아지가 자라서 팔려나갈 때
할머니는 눈 안에 있는 소도 보내면서
정작, 쇠고삐는 놓지 않았는지
허탈한 모습으로
쇠말뚝을 바라보는 눈이 그윽했네.

손 안에 남은 허전함을 바라보던 시선이
이처럼 메아리로 남을 줄이야.

아들에게

치즈의 맛을 몰라도 좋다.
샤넬의 향기를 맡을 줄 몰라도 좋다.
베토벤의 운명을 몰라도 좋다.
피카소의 그림을 모르면 어떠냐.
발레를 보고 박수 칠 줄 몰라도
굳이 똑똑한 사람이 되지 않아도
그게 무슨 흉이냐.
비록 찬밥에 물 말아먹고
여물이나 썰며 살더라도
주님만 의지하고
용서할 줄 아는 사람.
손해를 보더라도
정직한 사람만 되어다오.

동행

병원으로 가며 뒤늦게 깨달았네.
내 작은 초가집에 들어와
조용히 촛불이 되어준 당신
얼마든지 날아오를 수 있는 몸을
나를 위해 깃을 내린 지난날.
그대가 창문을 연 하루하루가
내게는 새날이 되었고
그대 두 손 모으고 엎드리면
내 발걸음마다 꽃길이었네
내 짐의 절반을 지고 살아온 당신,
그대 있으므로 나는 항상 미소를 지었네

내 친구여

진달래 산기슭에 피어오르고
종달이 러브러불 날아다니면
동구 밖 언덕에서 헤어진 친구
그립다 내 친구여, 지금은 어디 있나

바람도 잠을 자는 무더운 여름
원두막 걸터 앉아 별을 보면서
먼훗날 내다보며 꿈꾸던 친구
그립다 내 친구여, 지금은 무얼 하나

기러기 날아가고 오동잎 지면
하얀 눈 머리 위에 내리기 전에
동구 밖 언덕에서 만나잔 친구
그립다 내 친구여, 언제나 오려는가

간이역

종착역까지 일 분도 안 되는 거리에
언제부터인가 간이역이 생겼다.
이전엔 그냥 통과해서
이름조차 몰랐던 곳이
이제는 나그네들로 만원이다.

혼수상태에 빠진 갈대처럼
말라비틀어진 모습으로 도착한 사람들
짐이 없는 사람은 종착역으로 직행하지만
그렇지 않은 사람은 누구나
기약 없는 숙박을 한다.

떠날 사람은 자기가 탈 열차를
애타게 기다리는데
배웅하러 나온 사람들은
뇌물까지 지르면서
길을 놔주지 않는다.

종착역까지 일 분도 안 되는 거리에
날로 늘어나는 간이역
열차표를 빼앗긴 장기투숙자들이
만원을 이룬 채
무한정 대기 상태다.

늙은 할매

우체부도 오지 않는 산골짜기
무덤처럼 적막한 집 한 채
대처로 나간 아들은 소식 없고
아들이 먹다 버린 막걸리사발만 중얼거리는데
귀가 어둔 늙은 할매 도무지 알지 못하네.
이따금 까치가 울타리로 날아와서
아나운서가 뉴스를 전하듯
깍깍 짖어대면
그 소리는 알아듣는 듯
바람소리 멈춰 두고
귀 기울이네.

6부

그리운 사람아

그리운 사람아

해마다 오월이 되면
기다리는 사람 있어.
예쁘게 꽃단장하고
동구 밖에 서서
고개를 들고 먼 길 바라보나니
그대는 언제 오려는가.

부질없이 애타는 마음
속절없이 지나가고
가을이 오면 또다시
눈물을 뚝뚝 떨어뜨릴 뿐.
또 한 해가 지나가고
그리움은 풍선 같으리니

그대 언제 오려는가.
그리운 사람아.
그대 발자국이 내 가슴에 찍히는 날
나, 보랏빛 가슴을 활짝 열고

그대를 뜨겁게 부둥켜안고서
두 팔로 빗장을 걸으리.

둑길에서

둑길로 나가면
시인이 버리고 갔던
바람이 있었다.
산이 있었다.

그때는 무심한 바람
그저 그런 산이었는데

이제는 바람 속에서
시인의 하얀 음성을 듣고
그분의 모습을 산에서 본다.

둑길의 추억

유성에 가면 둑길을 걸었다.
그분은 시냇물을 눈 속에 주어 담으며 걸어가고
나는 그분의 말씀을 가슴에 새기며 걸어간다.
"늙은 갈대는 왜 울고 있는가."
혼자말을 하다가 문득 뒤를 돌아보며
내 마음속을 들여다보았다. 바람이 가슴속 갈대밭을
휘젓고 지나간다.
이때처럼 시끄러운 순간이 없었다.
"늙은 갈대는 왜 울고 있는가."
오늘도 둑길에 나서면
외투 주머니에 양손을 지르고
앞서 가는 분을 만난다. 나는
한 발자국 뒤에서
옛날처럼 귀를 세우고 따라간다.
"늙은 갈대는 왜 울고 있는가."

하숙생들

맑은 햇살과 둑길로
맛깔나게 요리한
그분의 시는 하숙생들이 많았다
그들은 그분의 명성을 복사하려고
혈안이었다.
그분이 둑길로 나가면
둑길로 가고
다방에 나앉으면
다방으로 쫓아와서
미소를 제삿상처럼 펼쳐놓았다.

복사작업이 끝나면 곧장 떠났다.
각자 자기 집으로 돌아가서
문패를 달면
하숙생 시절 불평불만을 잔칫상처럼
늘어놓았다.
그런 그들이
이제는 그분의 명성으로

장사를 하고 산다.

묵란첩

그대 이국땅에서 고국이
얼마나 그리웠는가.

긴 세월 포로로 끌려갔다가
돌아온 묵란첩(墨蘭帖),

끊어질 듯 유려하게 이어지며
거친 바람에 흩날리는 품새

붓끝에서 들리는 소리
귀 세우고 있으면

비보라 속에 보이지 않던
묵란의 통곡소리.

*묵란첩 : 흥선대원군의 작품으로 일본인이 소장했던 10첩짜리 난첩

강릉 초당에서

세상과 불화하다가
마침내 스물일곱 살에 세상을 버린
당신

홍매화로 다시 태어나서
봄이면 붉은 핏망울을
꾸역꾸역 토해내는
당신의 모습
왜 이리 눈이 시린가

오랜 세월 고문으로
몸은 뒤틀렸어도
지는 꽃잎조차
어둠을 사르는구나

운보 김기창 화백

초정 약수로 물 맞으러 갔다가
운보의 집에 들러
운보가 일생 동안 그린 산수화
그 많은 그림 속을 걸어 다니다가
물맞이하는 것도 깜박 잊어버리고
안채로 발길을 돌렸더니
툇마루까지 나와서
나그네를 맞이하는 김기창 화백
멜방바지에 토마토 양말
햇살이 달려와 발등에 입 맞추니
미소진 얼굴에 동심이 가득 피었네.
비록 말은 어눌하고
몸은 늦가을 수숫대처럼 시들어가지만
어린아이처럼 앉아 있는 품새.
한 편의 아름다운 그림이었네.

연정 임윤수

어느 날 임윤수 원장의 초대를 받고
연정국악원에 갔더니
나 한 사람 연주실에 앉혀놓고
마흔 명이나 되는 악사들이 연주를 하는데
나는 내 마음을 감당할 수가 없어서
안절부절못하고 있는데
악사들은 옛날 상감이라도 되는 줄 알고
여민락(與民樂)을 연주하고
두 곡이나 더 거푸 연주하였네
그 가락이 내 몸속을 휘젓고 다니다가
나를 무한한 공간 속으로 이끌고 가서
어느 별자리에 앉혀놓았는데.
나는 내가 없고 나만 홀로
우주 공간을 무중력 상태에서
음률(音律)을 따라 율곡(律曲)을 따라
하나의 작은 별처럼 떠돌다가
연주가 끝나고
나는 비로소 나로 돌아왔네.

당신은 우리의 깃발

당신이 높이 건 깃발은
찬란했습니다. 그
깃발을 내리려는 사람들 때문에
당신은 괴로워했습니다.

당신은 당신이 도적맞은 줄을 모르다가
그것을 안 뒤에 슬퍼했습니다. 그리고
스스로 즐겨 입던 간편복과 밀짚모자
그것조차 빼앗길 것을 알고
또 괴로워했습니다.

당신은 이를 악물고 전신으로 버텨왔습니다.
날마다 쓰러져가는
깃대를 바라보며
자신을 지키지 못한 것을 부끄러워하다가
온몸을 던져 깃발을 지킨 당신

이제야 우리들은 압니다.

당신의 사랑과 열정과 고결함을
당신은 우리의 깃발입니다.
우리들 가슴마다
당신이 그처럼 사랑했던 찬란한 그 깃발이
영원히 펄럭일 것입니다.

무소유

평생 가슴속에 가두고 있던 화두까지
깎아내려고, 아주 없애버리려고
대패질을 하며 살아온 당신

모든 것을 버리고 떠났어도
잠잠했던 발자국은 노래가 되었나
활활 타오르는 불길 속에 미소로 남았네.

모든 것을 지워버리려고
돌비도 세우지 못하게 하였지만
떠난 자리가 너무 커서 눈부신 당신

흰 눈이 내려, 온누리를 덮어도
더 크게 아우성치는 화두여.
내 손아귀 속에 있던 손금까지 쓸어간 파도였네.

*무소유 : 법정 스님의 저서

가수 김장훈

당신은 남들보다
키가 월등히 크지도 않았다
당신은 물려받은
재산도 없었다.
그러면서도 거인처럼
살아가는 당신
가수 김장훈.

40억을 기증하고도
셋방에 사는
당신은
향기를 만드는 사람

다 주고도
더 주지 못하여 안타까워하는
당신은
바람도 조용히 숨죽이게 하는 사람

당신의 손은
펼 때마다 예쁜 꽃씨들이 쏟아지고
쥘 때마다
아름다운 노래가 만들어진다.